BATMAN™

EL EJÉRCITO DEL JOKER

Batman creado por Bob Kane con Bill Finger

texto de
Laurie S. Sutton

ilustrado por
Ethen Beavers

LABERINTO

EDLA 35977

Título original: *The Joker's dozen*
Texto original: Laurie S. Sutton
Ilustraciones: Ethen Beavers
Traducción: Jorge Loste Campos
Publicado bajo licencia por
Ediciones del Laberinto, S. L., 2016
ISBN: 978-84-8483-824-1
Depósito legal: M-4478-2016
Impreso en España
EDICIONES DEL LABERINTO, S. L.
www.edicioneslaberinto.es

¡El Joker ha transformado a decenas de ciudadanos de Gotham en risueños y tontos ladrones!

Solo TÚ puedes ayudar al Caballero Oscuro a salvar la ciudad, antes de que sea el Príncipe Payaso del crimen el que ría el último.

Sigue las instrucciones que encontrarás al final de cada página. Las decisiones que TÚ tomes cambiarán el curso de la historia. Cuando termines uno de los caminos, ¡vuelve atrás y lee el resto para descubrir más aventuras de Batman!

Batman patrulla por Gotham, pero no por las calles seguras de la ciudad. El Caballero Oscuro se adentra en lugares que la gente de bien tiene miedo a pisar, especialmente cuando oscurece.

Esta noche, Batman va en busca de un infame villano en particular: ¡el Joker! El Príncipe Payaso del Crimen se ha fugado del Asilo Arkham para Criminales Dementes. Los doctores y oficiales de seguridad de la institución son expertos en tratar con criminales dementes peligrosos como el Joker. Sin embargo, aun así el Príncipe Payaso del Crimen ha conseguido fugarse.

—No hay forma de predecir los actos del Joker... pero, haga lo que haga, no será bueno para los ciudadanos de Gotham —murmulla Batman mientras se posa en lo alto de un edificio. Nuestro héroe escanea las calles a sus pies con su dispositivo de visión nocturna.

Movimientos sospechosos atraen la atención del Caballero Oscuro. ¡Batman entra fugazmente en acción! *¡ZIIT!*

La Batcuerda sale disparada serpenteando, propulsada por un pequeño lanzador de mano. El gancho en su extremo queda

Pasa la página.

bien sujeto a la repisa de un edificio cercano. Batman se aferra al lanzador y salta desde lo alto de la cornisa.

Sus botas caen sobre un trío de ladrones a la carrera, que acaban tirados en la acera al tiempo que el botín desaparece volando de sus manos.

—¡Jajajaja! —se carcajean.

—Esto no tiene gracia —dice Batman levantando del suelo a los criminales. En ese instante, por fin contempla sus rostros.

¡Batman se topa de frente con tres extrañas réplicas del Joker! Sonrisas pintarrajeadas de oreja a oreja, piel blanca como la tiza y el pelo de un tono verde espantoso.

—No son criminales. No son más que ciudadanos normales bajo los efectos del gas de la risa del Joker —razona Batman—. Está usando a gente inocente como vasallos involuntarios.

Batman ata a los tres a una farola cercana, justo cuando llegan a la escena los coches de la policía. El comisario James Gordon sale de uno de los vehículos.

—Ya es el quinto incidente de esta noche —le comenta Gordon al Caballero Oscuro—. El Joker está propagando por toda la ciudad su nefasto sentido del humor.

Llega una ambulancia y ayudan a entrar a las víctimas, incapaces de controlar la risa tonta.

—Menos mal que el Hospital General de Gotham tiene reservas del antídoto que nos proporcionaste, Batman —dice Gordon—. Todos volverán a su estado normal en pocas horas.

—Hasta que no atrapemos al Joker, nada volverá a ser normal en la ciudad —advierte el Caballero Oscuro.

Repentinamente, las radios de los coches patrulla resuenan al unísono. Todos los informes explican lo mismo: ¡Más bandidos con cara de Joker cometen crímenes por todo Gotham!

—Parece que tus predicciones se hacen realidad, Batman, —dice Gordon—. Mis oficiales estarán ocupados arrestando delincuentes toda la noche.

—Ese es justo el plan del Joker —revela Batman—. Esta ola de crímenes no es más que una maniobra de distracción.

—¿Cuál es entonces su verdadero objetivo? —pregunta el comisario Gordon.

—Eso es justo lo que debo averiguar antes de que sea demasiado tarde. Conociendo al Joker, seguro que tiene algo espectacular escondido bajo la manga —contesta Batman.

El Caballero Oscuro proyecta la Batcuerda hacia el tejado de un edificio adyacente, sale disparado hacia arriba y desaparece en la noche.

—Buena suerte —le despide el comisario Gordon al ver partir al Caballero Oscuro—. Creo que la ciudad de Gotham la va a necesitar.

Batman se agazapa en una cornisa en las alturas. En esta ocasión no escanea la ciudad, sino que estudia la diminuta pantalla de ordenador. El dispositivo tiene conexión con la Batcomputadora de la Batcueva. El Caballero Oscuro introduce datos, en busca de un patrón en los informes policiales.

Pasa la página.

La terminal muestra un mapa de Gotham con tres puntos rojos que señalan la localización de los crímenes del Joker.

Los puntos azules indican otras actividades criminales. Tres puntos azules aparecen ante el Mejor Detective del Mundo.

—Uumm. Alguien se ha colado en la Depuradora de Agua de Gotham, hay un robo en proceso en el Museo de Gemas y… espera… ¿han secuestrado a Bruce Wayne? —resopla Batman.

El Caballero Oscuro sabe que el Joker es responsable de, como mínimo, uno de estos tres incidentes. La depuradora suministra agua a toda la ciudad, si el Joker la contamina…

El Museo de Gemas tiene en exposición una colección de naipes de oro, incluyendo un jóker... Y, aunque Batman es la identidad secreta de Bruce Wayne, alguien ha sufrido un secuestro.

Batman debe escoger qué crimen va a investigar... ¡y debe decidirse rápido!

Si Batman se dirige a la Depuradora de Agua, pasa a la página 9.
Si Batman decide ir al Museo de Gemas, pasa a la página 11.
Si Batman se apresura para salvar a «Bruce Wayne», pasa a la página 13.

Batman conduce su Batmóvil a toda velocidad por las calles de Gotham. Estudia la pantalla de ordenador que luce en la cabina del bólido de alta tecnología. Un punto azul parpadea sobre el callejero que muestra la computadora, guiando a Batman hacia su destino: la Depuradora de Agua de Gotham.

—Es el momento de alzar el vuelo como un murciélago —decide Batman y aprieta un botón eyector en el asiento.

¡WUUUUUSH!

¡El Cruzado Enmascarado sale despedido hacia el exterior del vehículo y surca el cielo!

Unas alas con forma de murciélago se despliegan de su arnés. Una vez que el Caballero Oscuro planea ya sobre las calles, susurra una orden que detiene el Batmóvil y lo configura en modo parking.

—El camino más corto entre dos puntos es la línea recta —afirma Batman, volando directamente hacia la Depuradora de Agua de Gotham.

El edificio de piedra se cierne intimidatorio en la distancia. El río Gotham baña sus escarpados muros. Tuberías descomunales absorben el agua mientras otros conductos de salida, aún más grandes, la expulsan formando gigantescas cascadas.

Pasa la página.

Batman sobrevuela desde más cerca el recinto para investigar. Un destello de luz a través de una ventana llama su atención... y descubre un peligro realmente serio.

—¡Joker! —grita Batman atravesando el enorme ventanal como un halcón. Se desengancha del arnés de vuelo y arremete contra su enemigo.

El Joker rueda esquivando el golpe, pero no deja caer la bombona de Veneno Joker líquido que intenta verter en el suministro de agua.

¡WAAAAK!

Un Batarang golpea los nudillos del Joker. La bombona rebota y se escapa de sus manos. Batman la recoge y la pone a buen recaudo; sin embargo, el Joker escapa a la carrera por una cañería gigante.

—Has ganado esta mano, Batman, ¡pero tengo más cartas escondidas bajo la manga! —le grita en su huida el Joker.

El Caballero Oscuro no lo duda un instante y se lanza a la persecución.

Si Batman persigue al Joker descendiendo a las alcantarillas, pasa a la página 15.
Si Batman persigue al Joker hacia el río Gotham, pasa a la página 22.

El Caballero Oscuro sobrevuela Gotham con su planeador-espía monoplaza. El Museo de Gemas está ubicado en la otra punta de la ciudad y la pequeña aeronave es el método de transporte más rápido. Batman contempla el resplandor de las luces de los coches de policía por las calles a sus pies. Sin duda, hay desplegadas muchas más patrullas de lo que suele ser habitual.

—Esta noche el Joker tiene al Cuerpo de Policía de Gotham corriendo en todas las direcciones —dice Batman—. Pero yo me dirijo directamente hacia él.

Minutos más tarde, el planeador aterriza en la azotea del Museo de Gemas de Gotham. Batman salta al exterior y corre hacia una claraboya. Descubre al Joker y su banda allí abajo, en el salón principal. Están robando los naipes de oro de la exposición, sin embargo, tienen un problema... ¡Las cartas miden más de un metro ochenta!

—Esos naipes son muy pesados y difíciles de transportar. Bien. Eso retrasará a esos bandidos —dice Batman.

El Caballero Oscuro hace una incisión en el cristal con una herramienta de su Batcinturón. ¡Calcula la longitud de la Batcuerda y salta al vacío!

El único aviso que reciben los ladrones es el tremendo golpetazo que Batman les da por la espalda.

¡ZAS!

Pasa la página.

Los criminales caen derribados por toda la sala, alejándose de la valiosa baraja. Se tambalean poniéndose en pie de nuevo. Sin embargo, antes de que consigan escapar, Batman les echa el lazo con una boleadora giratoria. Se desploman en el suelo, incapaces de moverse.

—Y ahora, ¿dónde se ha metido vuestro jefe? —se pregunta en voz alta Batman mientras busca al Joker por la habitación.

—¡Yuu-juu! ¡Por aquí! —le llama el Joker. Está junto a una carta gigante y saluda con la mano al Caballero Oscuro—. ¿Y si echamos una partidita de «recoge las 52»?

El Joker empuja el descomunal naipe, que se vence sobre el que está colocado justo a su lado. Esa carta derriba inmediatamente a la siguiente y, a su vez, esa también a la colindante... creando un efecto dominó. La gigantesca baraja se desmorona directamente hacia Batman.

El Caballero Oscuro se ve forzado a apartarse de un salto, se encoge y rueda por el suelo del museo. Cuando vuelve a levantarse, el Joker ha desaparecido. No obstante, el supervillano ha dejado una pista.

Si Batman sigue el rastro de gemas caídas, pasa a la página 17.
Si Batman encuentra la flor de la solapa del Joker, pasa a la página 24.

Batman toma la decisión de ir al rescate del billonario. El Caballero Oscuro sabe que no puede tratarse del verdadero Bruce Wayne, ¡porque él es Bruce Wayne!

Batman pilota el Batmóvil hasta la escena del secuestro. Se trata de un restaurante elegante, famoso por su clientela acaudalada. El Caballero Oscuro ve cómo la policía interroga a los comensales y a los trabajadores. Permanece en silencio y escucha, como una sombra, extrayendo pistas importantes de sus declaraciones.

—Ha sido ese lunático del Joker —le comenta una mujer al oficial—. ¡Qué risa tan pavorosa!

—¡Le dio mi filete a esas hienas risueñas para que se lo comieran! —se queja un señor.

—El Joker le dijo a Wayne que iba a enseñarle su pez payaso —dice otro.

—Tienen peces payaso en el Acuario de Gotham —recuerda Batman—. Si el Joker está involucrado, esto no es ninguna broma....

¡El Caballero Oscuro abandona el restaurante y se dirige raudo hacia el acuario!

Una vez en el recinto, Batman se encamina hacia la exposición que incluye al pez payaso tropical. No obstante, un grito de socorro le guía hasta el tanque de la orca. El rehén está colgado de un arnés sobre el agua. Una gigantesca aleta dorsal negra nada en círculos bajo los pies del individuo.

Pasa la página.

Batman lanza una Batcuerda hacia las vigas que hay sobre la piscina y se balancea hasta el lugar del rehén.

—Tú no te pareces nada a Bruce Wayne —juzga Batman. Cuando está a punto de liberar a la víctima, ¡el arnés se abre y el rehén se zambulle en el agua! Batman suelta la Batcuerda y se tira de cabeza al tanque de la orca detrás del hombre.

—¡Ja! Wayne no era más que el cebo de mi trampa para Batman... y se lo ha tragado de cabo a rabo. ¡Tocado y hundido! —grita el Joker de pie junto a la piscina, mientras recoge al rehén con una caña de pescar enorme.

Inesperadamente, una Batcuerda sale disparada hacia arriba y Batman se eleva, saliendo del tanque.

—Uups—. El Joker escapa con su rehén.

Si Batman sigue al Joker en el Batmóvil, pasa a la página 20.
Si Batman persigue al Joker adentrándose más en el acuario, pasa a la página 26.

Batman se lanza a la carrera por la tubería gigante. Puede oír, a través de la oscuridad, las carcajadas del Joker en algún lugar más adelante. El espeluznante sonido rebota contra las paredes curvadas del conducto.

Batman se esfuerza para correr a mayor velocidad, no puede permitir que escape. Si el Joker anda suelto, Gotham corre un gran peligro.

Batman distingue en la distancia cómo una sombra chapotea al atravesar un reguero de agua. El Caballero Oscuro saca de su Batcinturón un par de gafas de visión nocturna miniaturizadas. Ahora puede ver con claridad, pero lo que presencian sus ojos no tiene sentido. El Joker utiliza la flor de su solapa para rociar con un líquido algo que tiene a sus pies. De hecho, más bien se trata de muchas cosas diminutas.

—Ratas —gruñe Batman.

De repente, los roedores empiezan a convulsionar, con sus costillas retorciéndose. Aúllan mientras sus cuerpos mutan y crecen hasta alcanzar un tamaño monstruoso.

—¡Jojojojo! ¡Tengo entendido que las ratas odian a los murciélagos! —El Joker se desternilla de risa cuando los roedores mutantes arremeten contra el Caballero Oscuro.

Los animales se arremolinan los unos encima de los otros dentro de la descomunal tubería, que ahora resulta demasiado pequeña para semejantes ratas.

Pasa la página.

Batman se enfrenta a un peligroso muro peludo. Al otro lado de la enardecida barrera, el Joker ríe y escapa corriendo.

Un rabo gigante azota el aire como un látigo cerca de la cabeza de Batman. Las garras golpean en la oscuridad. Incluso con las gafas de visión nocturna, lo único que Batman puede ver es una masa en estampida que rueda hacia él como una roca inmensa. Ante semejante amenaza, el Caballero Oscuro solo puede hacer una cosa.

Batman no sale corriendo. Envuelve su cuerpo con la capa como si fuera un capullo y se tira al suelo de la cañería. Como si nuestro héroe no fuera más que un badén, la plaga pasa por encima del Caballero Oscuro y continúa bajando por el conducto.

—Tejido ultra-resistente. Nunca salgo de la Batcueva sin él —dice Batman desplegando su capa—. Y ahora, ¿en qué dirección ha huido el Joker?

Si Batman descubre la huella de la mano embarrada del Joker, pasa a la página 29.
Si Batman sigue las pisadas húmedas del Joker, pasa a la página 44.

Un rastro de diamantes atrae la atención de Batman. El Joker ha escapado, pero accidentalmente se le han caído docenas de gemas robadas como si fueran migas de pan. El Caballero Oscuro las reconoce gracias a su corte y pulido especial.

—Pertenecen al naipe que representa al jóker —intuye Batman—. Ese villano debe de haber cogido unos cuantos souvenirs antes de salir corriendo. Bueno, pues no se va a salir con la suya... ni con las gemas, ni impune de sus crímenes.

El Caballero Oscuro sigue el rastro hasta otra sala de exposiciones. La estancia está llena de tesoros del Antiguo Egipto. Las joyas con miles de años de antigüedad se exponen dentro de vitrinas irrompibles. Hay un sarcófago de oro de un faraón colocado en el centro de la sala. El rastro de diamantes del Joker se detiene justo delante del féretro reluciente.

—Toc, Toc —dice Batman golpeando con los nudillos la tapa del sarcófago.

—¿Quién es? —contesta instintivamente una voz desde dentro—. ¡Uups!

Batman abre la tapa del sarcófago del antiguo Egipto y encuentra al Joker en su interior.

El Joker rocía con la flor de broma de su solapa al Caballero Oscuro... ¡y le acierta en toda la cara!

—¡Jajaja! —chilla el criminal chiflado cuando Batman retrocede tambaleándose.

Batman está sorprendido, pero no herido.

Pasa a la página 19.

—¡Agua! —Descubre Batman secándose el líquido. Se da cuenta de que la persona dentro del sarcófago es un vigilante del museo, que ha sido transformado por el gas de la risa del Joker.

—¡Juujeejaja! —Los ecos de las risas del Joker se extienden por la sala de exposiciones—. ¡Juguemos al escondite, Batman! ¡Yo me escondo y tú me buscas!

—Siempre acabo ganando yo la partida —dice Batman.

—¡Esta vez no! —berrea el Joker alocadamente—. ¡Píllame si puedes!

—¿Acaso no lo consigo siempre? —responde Batman confiado.

El Caballero Oscuro sabe que el Joker no puede resistirse a llevarle la delantera en una persecución. Escucha risas dirigirse en una dirección y ve a una sombra correr en la contraria. Tiene que decidir cuál de las dos pistas es la auténtica.

Si Batman sigue el eco de las risas, pasa a la página 31.
Si Batman persigue a la sombra, pasa a la página 47.

El chirrido de neumáticos atrae a Batman hasta el exterior del acuario. Ve al Joker escapar a toda velocidad pilotando una moto, lleva al rehén atado en el sidecar. El Caballero Oscuro corre al Batmóvil y sale zumbando tras el Joker.

—Es una suerte que a esta hora de la noche no haya tráfico. ¡El Joker conduce como un maníaco! —exclama Batman—. Tengo que detenerlo antes de que haga daño a su inocente víctima.

De golpe, una ráfaga de pequeños globos sale despedida de un compartimento en la parte posterior de la motocicleta del Joker. Una alarma se enciende en el tablero de mandos del Batmóvil y una voz generada por ordenador clama: «Alerta».

—Los veo —replica el héroe dando volantazos para eludir chocar con los objetos. El Batmóvil esquiva las explosiones de las Bombas Joker, atravesando la cortina de fuego.

El Caballero Oscuro escapa a ese peligro, pero de sopetón se enfrenta a uno nuevo. Un muro de llamas se alza amenazador en la carretera frente a él. ¡El Joker ha vertido gasolina y le ha prendido fuego!

—Extintores externos a máxima potencia —decreta Batman.

Una luz parpadea en el panel de control y la computadora del Batmóvil responde a sus comandos verbales.

¡FIIISSSSS!

Los paneles laterales pulverizan nubes de vapor que cobijan al vehículo en un remolino de aire gélido. El Batmóvil franquea de forma segura el muro de llamas, pero al otro lado le espera otra sorpresa.

Batman pisa el freno.

¡SCRIIIIIIICH!

El Batmóvil se detiene ante una bifurcación en la carretera. Un colosal cartel de neón con dos flechas brilla intermitentemente, como si fuese un árbol de navidad grotesco.

—Veo que el Joker me ha dejado su tarjeta de visita —dice el Caballero Oscuro.

¡POR AQUÍ! Una gran flecha apunta hacia la izquierda.

¡POR ALLÁ! La segunda flecha señala a la derecha.

¿Qué dirección debería tomar Batman?

Si Batman va «Por Aquí» pasa a la página 33.
Si Batman decide ir «Por Allá», pasa a la página 49.

Batman persigue al Joker por la tubería gigante, dentro del conducto metálico está más oscuro que en la boca del lobo. Batman puede oír los escurridizos pies del criminal chapoteando en el agua, pero no puede verlo.

La alocada risa del Joker atraviesa el aire húmedo como un torbellino. A lo lejos, un tenue disco de luz empieza a hacerse visible. Batman sabe qué es.

—El desagüe para inundaciones que desemboca en el río Gotham. Si el Joker escapa, ¿quién sabe las nuevas tretas que tramará? —se pregunta el Caballero Oscuro corriendo incluso más rápido. Estira la mano para coger un Batarang de su Batcinturón.

Batman distingue la silueta imprecisa de su enemigo parada al final de la cañería. La rejilla de protección está rota por el lugar por el que ha serrado los barrotes metálicos. El Joker se gira para mirar al Caballero Oscuro y se ríe.

—¡Jojojo! ¡Ha llegado la hora de irse! —grita el Joker dejándose caer de espaldas hacia el exterior de la tubería.

Batman lanza el Batarang pero falla el blanco. El Caballero Oscuro alcanza la obertura del conducto y ve al Joker alejarse a toda prisa en una lancha motora.

—Tenía planeada una ruta de escape —murmulla Batman cogiendo al vuelo el Batarang de regreso—. Bueno, no es el único que ha venido preparado.

El Caballero Oscuro dispara con su lanzador de mano una Batcuerda contra la embarcación que escapa. El extremo con pinchos impacta contra la popa y se clava.

La Batcuerda se tensa en manos de Batman y le arrastra detrás del barco. Unos mini esquís acuáticos se despliegan de sus botas, permitiendo a Batman deslizarse sobre el agua tras la estela del Joker.

La sonrisa demente del Joker se transforma en un rictus de irritación cuando ve cómo, una mano detrás de la otra, el Caballero Oscuro se acerca poco a poco por la cuerda. Vira bruscamente con la lancha motora, pero Batman sigue acercándose.

—¡Me tengo que ir volando! —se desternilla el Joker mientras abre un paracaídas unido a la lancha por una larga soga. Justo en ese instante, el Caballero Oscuro alcanza por fin la embarcación.

Batman agarra al Joker por el tobillo y los dos se elevan por los aires fuera de control, directos hacia la Gran Noria de Gotham.

Si Batman y el Joker se estrellan, pasa a la página 60.
Si evitan colisionar contra la noria, pasa a la página 76.

El Caballero Oscuro advierte un pequeño objeto en el suelo del museo. Está muy cerca de donde se hallaba el Joker cuando derribó el primer naipe gigante. Batman camina hasta el lugar y descubre que se trata de la flor de broma de la solapa del Joker.

—Se le debe de haber caído cuando ha salido corriendo —concluye el Caballero Oscuro. Se agacha y recoge la flor falsa.

¡ESK-WIIIZZZ!

Una nube de gas verde emana de la flor y atiza a Batman en la cara. El Caballero Oscuro retrocede tambaleándose, se gira y da un par de traspiés hacia delante. Se detiene y se bambolea en pie.

—¡Jo ja ja ja! ¡No me puedo creer que hayas caído en un truco tan viejo! —vocifera el Joker saliendo de su escondite detrás de una columna de mármol—. ¡No se suele ver a menudo a Batman con las napias atiborradas de gas de la risa!

El Caballero Oscuro empieza a reírse, ¡pero sus risas no suenan como el Joker esperaba!

—Je, je, je —se ríe lentamente y entre dientes Batman.

Comienza con un leve jadeo, como si el Caballero Oscuro intentase exhalar el aire de los pulmones. Luego, el sonido sube de volumen y de tono.

—¡Je, je, je!

¡Batman gime como una *banshee!* El Joker está tan sorprendido que abre de par en par sus sonrientes mandíbulas.

—Mi gas de la risa no debería tener ese efecto —declara el supervillano confuso, rascándose la cabeza.

El Joker contempla cómo su enemigo corre alrededor de la sala de exposiciones. El Caballero Oscuro encuentra unos botes de pintura, dispuestos para crear nuevos expositores de joyería, y decide pintarse rayas de vivos colores encima del traje.

—¡Jojojo! Pareces el arcoíris, Batman —se desternilla el Joker.

El Caballero Oscuro ignora al Joker. En lugar de hacerle caso, comienza a robar gemas preciosas de la exhibición.

—¡Oye! ¡No puedes hacer eso! —resopla el Joker.

—¿Quién va a impedírmelo? —le reta Batman.

Si Batman y el Joker se unen para cometer una oleada de crímenes, pasa a la página 63.
Si el Joker intenta detener la carrera criminal de Batman, pasa a la página 79.

Batman sale proyectado fuera del tanque de la orca agarrado a la Batcuerda. Ve al Joker huir, arrastrando al rehén tras de sí. El Joker le saca ventaja, pero su tambaleante víctima le retrasa.

El Caballero Oscuro persigue al Príncipe Payaso del Crimen fuera de la sección de la orca, hasta llegar al salón principal de exposiciones del acuario. Una réplica a tamaño real de una ballena cuelga del techo, como si nadara por el océano. Han rodeado al gigantesco mamífero con figuras de tiburones y delfines para enfatizar su monumental tamaño.

Cuando Batman se encuentra justo debajo del mastodonte, el Joker arroja un petardo gigante dentro de su boca.

¡BUUUM!

La escultura se agita violentamente. ¡Las fauces de la ballena se desprenden y caen hacia el Caballero Oscuro!

Batman lanza una Batcuerda a la réplica de un delfín. El cabo se enrolla alrededor del muñeco y Batman lo aprovecha para balancearse fuera de peligro. El impulso le hace atravesar el salón de exposiciones y volar por encima de la cabeza del Joker.

Aterriza frente a su archienemigo.

—Entrégame al rehén— le ordena Batman.

—De todas formas, me estaba retrasando —contesta el Joker empujando al hombre en dirección al Caballero Oscuro.

Pasa a la página 28.

Batman coge al asustado rehén mientras el villano huye riendo como una hiena.

—¿Se encuentra usted bien? —le pregunta Batman al individuo.

—Sí —le responde—. Le dije a ese pirado que yo no soy Wayne, pero pensaba que le estaba gastando una broma.

—Para él todo es un chiste —dice Batman mientras extrae un diminuto teléfono de su Batcinturón y se lo pasa al hombre—. Llame a la policía e infórmeles de que se encuentra usted bien. Yo me encargaré del Joker.

El Caballero Oscuro sale esprintando del salón de exposiciones. Inesperadamente, escucha lo que parecen risas de hienas.

—Esas son las mascotas del Joker —deduce Batman al encontrar a los animales peleándose por un objeto extraño parecido a una garra de dinosaurio.

—Sin duda, eso es lo que yo llamo una pista poco convencional —admite Batman—. Si descubro de dónde han salido, seguro que encuentro al Joker.

Si la garra conduce a Batman hasta unos estudios cinematográficos, pasa a la página 65.
Si la garra pertenece a un juguete gigante, pasa a la página 82.

La tubería se bifurca a izquierda y derecha, pero Batman se ha entrenado concienzudamente para ser capaz de descubrir incluso la pista más pequeña. Una pequeña mancha de barro extraña atrae su atención. Los lados de la cañería están pringosos con fango y mugre, pero la forma de esa pizca de barro es como una señal de neón para el Mejor Detective del Mundo.

—La huella de la mano del Joker. Debe de haberse apoyado aquí en la pared —murmulla Batman—. Ha escapado por este camino.

El Caballero Oscuro sigue el rastro del Joker a lo largo de la tubería. Pronto queda claro que su enemigo no ha intentado ocultar su ruta de escape.

—O el Joker simplemente está demasiado chiflado como para preocuparse por dejar un rastro... o quiere que le sigua —razona Batman mientras aprieta los dientes con decisión—. Sea como sea, le voy a atrapar.

Un ruido atrae la atención del Caballero Oscuro. La forma del conducto subterráneo distorsiona el sonido, pero Batman distingue que se trata de música. La sigue y encuentra una obertura en la enorme tubería.

Batman levanta la vista y ve una alcantarilla abierta. La música procede de allí arriba. Además de música, Batman también oye risas de personas.

—Oh-oh. ¿El Joker ha vuelto a dar un golpe con su gas de la risa? —se pregunta el Caballero Oscuro.

Pasa la página.

Batman lanza una Batcuerda a través de la alcantarilla abierta y salta hacia arriba. Se prepara para lo peor, pero se encuentra con que está en medio de una fiesta. ¡La muchedumbre se ríe porque está disfrutando de un desfile!

Batman se siente aliviado, pero no se relaja. El Joker ha escapado por esa dirección y la algarabía del desfile es un camuflaje perfecto para él.

Un grito repentino pone en alerta del problema al Caballero Oscuro. A poca distancia, por la avenida, una carroza gira bruscamente fuera de control.

—¡El Joker! —reacciona al instante Batman.

Pasa a la página 35.

Batman corre hacia las risas del Joker. El sonido le guía por las salas del Museo de Gemas de Gotham. Las joyas y piedras preciosas brillan dentro de las vitrinas de cristal. Batman repara en que todas están intactas.

—El Joker debe de tener mucha prisa. No se ha parado a robar nada —señala Batman.

¡SMASH!

El estruendo de cristales rotos procede del final del pasillo.

—A lo mejor he hablado demasiado pronto.

Batman entra raudo en la sala y ve al Joker de pie en el marco de una ventana rota. Hay cristales por el suelo.

—Ha sido divertido ¡pero me tengo que ir volando! —El Joker se desternilla y salta por la ventana.

El criminal cae justo sobre el asiento de un helicóptero monoplaza que pasa planeando junto a la ventana. Batman llega al ventanal a tiempo para ver cómo el Joker le despide con la mano.

—A este juego... sabemos jugar los dos —le advierte el Caballero Oscuro mientras manipula un mando de control remoto. El Batcóptero desciende silenciosamente desde la azotea.

Batman salta dentro de la cabina. El radar muestra la posición del helicóptero del Joker.

—Puedes correr todo lo rápido que quieras, pero no podrás esconderte —declara el Caballero Oscuro.

Pasa la página.

Batman desactiva el modo espía del Batcóptero y activa sus potentes rotores. La pequeña aeronave ruge entrando en acción y surca el cielo como una flecha persiguiendo al Joker. Batman alcanza al delincuente fugado en menos de un minuto.

¡WUUUUUSH!

El Batcóptero adelanta zumbando al Joker en el cielo nocturno. La turbulencia de su estela zarandea el helicóptero y sacude al villano en su asiento. A punto de perder el control, el Joker a duras penas logra estabilizar la aeronave.

Súbitamente, el Batcóptero pasa por segunda vez a toda velocidad y el helicóptero del Joker no se estrella por poco.

Batman traza con su aeronave un ángulo de giro y realiza otra pasada muy cerca del Joker. Sabe que su Batcóptero le da mil vueltas al del Joker y se lo quiere demostrar, aunque también quiere forzarle a aterrizar. Batman quiere apresar a su archienemigo en tierra.

Pasa a la página 38.

Batman se enfrenta a una elección de locos. El Joker preten-de burlarse de él con dos pistas diferentes y un rehén indefenso, aunque solo una de las pistas es la verdadera. Batman es cons-ciente de que no debe dejarse engañar por una pista falsa.

—Por ese camino —decide el Caballero Oscuro.

Batman gira el volante del Batmóvil y pisa el acelerador. El vehículo tuerce a la izquierda y sale a la velocidad de un misil.

—Activar faros delanteros, modo ultra-spectrum —ordena el Caballero Oscuro.

El cambio en el haz de luz de los faros es prácticamente imperceptible para el ojo humano, pero los rayos de alta fre-cuencia desvelan las marcas de los neumáticos de la motocicleta del Joker. Se dirigen rectas como una flecha hacia las afueras de la ciudad.

—Ya no intenta ocultar su rastro. Sabe que ese muro de fue-go no me ha detenido, así que ha colocado esa señal de neón para retrasarme —concluye Batman mientras sigue la ruta del Joker.

Las marcas de los neumáticos de la motocicleta le llevan hasta el Parque de Atracciones de Gotham. Batman no está nada sor-prendido.

—Este es el patio de recreo perfecto para el Joker —dice Batman.

El Caballero Oscuro encuentra la moto multicolor aparcada delante de la Casa de la Risa.

Pasa la página.

—Si conozco tan bien como creo conocer al Joker, habrá convertido esta casa en algo muy poco divertido —murmulla Batman cuando entra en el edificio.

¡El Caballero Oscuro está en lo cierto!

Nada más entrar, una trampilla se abre bajo sus pies. Tiene debajo un nido de víboras lleno de serpientes siseantes.

Batman usa sus rápidos reflejos y una Batcuerda para evitar precipitarse a una muerte segura. Se balancea a suelo firme, aunque sigue cauteloso ante todo lo que le rodea.

—Nunca se sabe qué tipo de sorpresas tendrá preparadas el Joker para mí aquí dentro —cae en la cuenta Batman.

Batman avanza con cautela. Sus nervios se tensan, espera que en cualquier momento suceda lo imprevisible.

¡CLICK! ¡WIIIIR!

¡Parece que ese momento ha llegado mucho antes de lo esperado!

Pasa a la página 41.

El Caballero Oscuro se balancea dirigiendo la Batcuerda hacia la amenaza. Planea por encima de una hilera de carrozas del desfile con forma de tartas, pasteles y otras chucherías.

—Es el Desfile del Día de los Pasteleros —dice Batman—.

Batman aterriza en la carroza rebelde y repara en que el Joker está al volante. El supervillano conduce como un salvaje y no para de reír.

—¡Jojojo! ¿Qué dirección debería tomar? —desafina el Joker.

El supervillano tuerce el vehículo a la izquierda, luego a la derecha y a la izquierda de nuevo. Batman aferra el volante y endereza el rumbo de la carroza.

—¡Buuu! ¡No eres nada divertido! —se queja el Joker. Salta fuera del vehículo y sube a la carroza del remolque, justo cuando el Caballero Oscuro consigue pisar el freno. El loco criminal escala por la réplica gigante de un pastel de muchísimas capas.

—¡Te echo una carrera hasta la guinda de arriba del todo! —se carcajea el Joker trepando más y más alto.

Batman echa el freno de emergencia del vehículo. Mira hacia arriba y ve al Joker escalando por la réplica de pastel.

—¿Hacer una carrera hasta la cima? No eres rival para mí.

Batman se encoge de hombros mientras dispara una Batcuerda. Después sale zumbando por los aires y aterriza en lo alto de la carroza.

El Joker mira hacia arriba y ve a su enemigo esperándole en la cima del pastel gigante de la carroza.

—¡Jajaja! ¡Bonito truco! Yo también me sé unos cuantos —proclama el Joker, mientras se saca un pequeño objeto del bolsillo de la

Pasa la página.

chaqueta. Batman reconoce la granada de gas del payaso loco. No hay forma de saber si el gas es venenoso o inofensivo.

Batman le arroja un Batarang al Joker que impacta contra la granada, logrando que se le escape. La bomba vuela por los aires y Batman la atrapa alargando la mano.

—Habrás atrapado la granada, ¡pero aún no me has atrapado a mí! —dice el Joker saltando de la carroza.

Batman observa cómo el Joker salta al vacío. El criminal aferra los cordeles de un gran globo con forma de magdalena. El Bromista Bufón agarra una de las cuerdas y corta el resto. El globo comienza a elevarse por el cielo, llevándose consigo al Joker.

—¡Parece que voy a reír el último! ¡Jajaja! —bromea el Joker.

—Perdona que te baje de la nube, Joker —dice Batman disparando un dardo a la enorme magdalena hinchable.

El pequeño proyectil perfora la piel de plástico del globo. La magdalena se deshincha y vuela en todas direcciones.

El Joker se sujeta con fuerza hasta que finalmente aterriza frente a un escuadrón de coches patrulla, que esperaba pacientemente. Batman salta de la carroza y ata con una Batcuerda al Joker.

—Aquí tiene, todo suyo comisario —le dice Batman a Gordon, entregándole el otro cabo de la Batcuerda.

—¡Eso es! ¡Deja que él se coma el pastel! —el Joker se desternilla de risa alocadamente.

—Prefiero los dónuts —replica Gordon.

FIN

Para seguir otro camino, vuelve a la página 8.

Se encienden las alarmas en el panel de control del helicóptero. Luces rojas intermitentes avisan del peligro inminente y de múltiples fallos mecánicos.

El Joker se ve abocado a un aterrizaje forzoso. En el último segundo, consigue recuperar un poco el control, aunque solo lo suficiente como para evitar un completo desastre. El helicóptero se engancha con la cima de una montaña de chatarra de la Planta de Reciclaje de Gotham y cae rodando por un lateral. Cuando la aeronave llega abajo del todo, está lista para ser añadida a la pila de desechos.

—¡Bueno! Si logras salir por tu propio pie de un aterrizaje forzoso... es que ha sido un gran aterrizaje —dice el Joker, arrastrándose para salir de los restos del accidente y tambaleándose durante una pequeña distancia.

Batman ejecuta un aterrizaje vertical y controlado en una ubicación próxima. Cuando el Joker ve el Batcóptero entiende qué y quién ha derribado su helicóptero.

El Joker refunfuña mientras se aleja corriendo. Batman ve a su enemigo huir, adentrándose en el patio del centro de reciclaje. Montañas de metal y montones de cartón se alzan en la oscuridad.

El espacio entre los montones tiene la anchura para que pase un camión de la basura, pero no mucho más.

Batman sabe que un espacio tan limitado es a la vez una ventaja y un peligro.

—El Joker no llegará muy lejos en un laberinto tan estrecho, pero podría tirarme una de esas pilas de hierros encima —deduce Batman—. Yo apostaría a que intenta acabar conmigo antes de que consiga ponerle las manos encima.

Como si quisiera demostrar que la predicción del Caballero Oscuro es acertada, un desprendimiento de chatarra metálica desciende retumbando por el lado de la montaña de desechos más cercana. La risa desquiciada del Joker resuena en la oscuridad.

—¡Cuidado ahí abajoooo! —aúlla el supervillano con regocijo.

Batman reacciona con la rapidez de una pantera. En lugar de escapar de la avalancha, se lanza a la carrera hacia la misma. El Joker observa asombrado cómo el Caballero Oscuro dispara una Batcuerda directamente hacia el cielo.

Y entonces, ¡Batman alza el vuelo al cielo estrellado!

Batman cuelga de la Batcuerda que, a su vez, está suspendida del Batcóptero. Lo ha configurado de nuevo en modo espía y es silencioso como un susurro. Batman manipula el control remoto para pilotar la aeronave hacia el Joker y derribarle de su elevada posición.

¡ZAS!

El Bromista Bufón no se ríe mientras cae rodando por un lateral del montón de chatarra.

—¡Au! ¡Au! ¡Au! —se queja de dolor el Joker, rebotando hasta abajo del todo.

Pasa la página.

Batman aterriza suavemente enfrente del malhechor desplomado.

—¿Quién es ahora el rey del mambo? —pregunta el Caballero Oscuro al Joker mientras le coloca las Batesposas.

—Exijo la revancha —refunfuña el Joker.

—¿Acaso no te acuerdas de lo que te dije en el museo? —le recuerda Batman—. Yo siempre gano la partida.

FIN

Para seguir otro camino, vuelve a la página 8.

¡CLANK!

El chirrido de los engranajes al activarse es la única advertencia que recibe el Caballero Oscuro. La maquinaria cobra vida peligrosamente bajo los pies de Batman. Los listones de madera del suelo se transforman en los paneles de una cinta corredera. El suelo se pone en marcha y obliga a Batman a caminar para permanecer en el mismo lugar.

—Esta cinta corredera no me permite avanzar. Por mucho que ande, podría quedarme aquí para siempre —juzga el Caballero Oscuro.

Repentinamente, ¡salen llamaradas disparadas de las paredes! Batman se agacha y rueda para eludir el peligro. Esquiva la trampa... pero ahora, en lugar de caminar sobre la cinta corredera, está tumbado encima. El mecanismo le arrastra hacia atrás, directo a la trampilla del nido de víboras.

En el último momento, Batman salta de la cinta y utiliza todo su cuerpo como un ariete para atravesar la pared.

¡SMASH!

¡Aterriza dentro de una habitación repleta de un caleidoscopio de cruzados enmascarados!

Batman mira a su alrededor. Está rodeado de docenas de caballeros oscuros que imitan sus movimientos.

Pasa la página.

—Estoy en un laberinto de espejos —se da cuenta Batman.

Un haz de luz choca contra uno de los espejos, reflejándose después en otro e inmediatamente en el siguiente, hasta atraparle en una peligrosa red luminosa.

—Mentira, más bien estoy en una jaula láser —se corrige a sí mismo el Caballero Oscuro—. El Joker me está tendiendo trampas para evitar que rescate al rehén. Puede que consiga retrasarme, pero no me detendrá.

Batman busca en su Batcinturón y extrae un pequeño espray de pintura negra. Aplica una fina capa de pintura en el espejo más próximo. El láser ya no puede reflejarse y, al instante, la red desaparece por completo.

—Una argolla floja termina por romper la cadena —sentencia Batman.

Tras esto, es fácil para Batman hallar la salida del laberinto de espejos. Tampoco le resulta muy difícil encontrar al Joker. Todo lo que tiene que hacer el Caballero Oscuro es seguir el sonido de sus risas histéricas.

Batman encuentra al Joker en el centro del parque de atracciones, junto a un gigantesco cohete de fuegos artificiales.

Joker baila dando vueltas alrededor del descomunal petardo, amenazando con encender la mecha con una antorcha. El rehén está atado al lateral del cohete y suplica al payaso que le deje irse.

—Pues claro que vas a *irte* —le promete el Joker con regocijo—. ¡Hasta el infinito y más allá!

—Te has tomado muchas molestias para nada —le desvela con calma Batman, saliendo de las sombras y caminando hacia su enemigo.

—Yo no llamaría *nada* a pedir un rescate de millones de dólares por el famoso Bruce Wayne —replica el Joker.

—La broma te la has gastado a ti mismo. Ese no es Bruce Wayne —dice Batman.

—¿Quééé? —tartamudea sorprendido el Príncipe Payaso del Crimen.

Batman aprovecha la confusión para lanzarle un Batarang al Joker. Una red sale despedida del proyectil y atrapa al supervillano. La antorcha se le cae de las manos.

—Parece que el caso está cerrado —declara el Caballero Oscuro.

FIN

Para seguir otro camino, vuelve a la página 8.

El Joker lleva ventaja, pero Batman puede oírle chapotear en el agua poco profunda que baja por la enorme tubería. El Caballero Oscuro se apresura hacia el ruido, hasta que llega a una encrucijada en el túnel. Está obligado a detenerse y tomar una decisión.

«¿Por qué dirección ha escapado? ¿Izquierda? ¿Derecha?»

Una gran gota de agua cae sobre la capucha del Caballero Oscuro. Mira hacia arriba y descubre huellas de pisadas, húmedas y goteantes, que suben por una escalerilla hacia el exterior.

—Joker... a veces eres tan predecible —murmura Batman.

Aferra la primera agarradera metálica y empieza a escalar, la escalerilla conduce a una rejilla de drenaje en mitad del Centro de Convenciones de Gotham. La cerradura está rota y la rejilla abierta. Batman no está seguro de qué tipo de peligro puede estar esperándole sobre la cabeza.

—El factor sorpresa siempre me ha funcionado de maravilla —decide el Caballero Oscuro, disparando una Batcuerda con púas a través de la obertura.

Solo le lleva tres segundos, eso es todo. Los pinchos se enganchan en el armazón metálico al descubierto que hay en el techo y la Batcuerda se tensa, bien sujeta.

El Caballero Oscuro se alza desde el subsuelo, como si fuera una criatura surgida de un mito. ¡Se sorprende al oír cómo le vitorea una multitud!

—¡Wuu-juu! ¡La mejor entrada de todos los tiempos! ¡Qué gran disfraz! —gritan entre el público, entusiasmados.

Hace falta mucho para sorprender al Caballero Oscuro, pero esa visión y recibimiento consiguen que abra los ojos de par en par bajo la máscara. ¡Batman se cuelga de una de las vigas del techo y observa los cientos de superhéroes, fantasmas, y elfos que tiene debajo!

«¿Dónde estoy?» Se pregunta el Caballero Oscuro.

Una colorida pancarta que hay colgada cerca resuelve el misterio, unas letras en negrita anuncian: ¡CONCURSO DE DISFRACES DE LA CIUDAD DE GOTHAM!

Batman comprende que las brujas, princesas y monstruos no son más que gente corriente disfrazada. De hecho, el único peligro es que el Joker anda suelto entre la muchedumbre. Batman usa su posición ventajosa en las alturas para buscar al lunático bribón. Escudriña la multitud en busca del colorido criminal. Desafortunadamente, toda la muchedumbre viste también con vivos colores y el Joker se camufla a la perfección.

—Sé paciente —se dice a sí mismo Batman—. Conozco al Joker, será incapaz de resistir la tentación de armar un escándalo. Terminará por llamar la atención.

Como si quisiera demostrar que el Caballero Oscuro está en lo cierto, un tumulto estalla en el centro del salón. Un hombre con pelo verde y traje púrpura se yergue sobre el escenario.

—Bingo —dice Batman.

El Caballero Oscuro corre sobre la estructura de vigas metálicas de la cubierta, hasta colocarse justo encima del lunático risueño.

¡Se deja caer hacia el Joker!

Pasa a la página 51.

Batman decide perseguir a la sombra que escapa por el pasillo del museo. El Mejor Detective del Mundo sabe que las risas del Joker podrían ser una simple grabación, dispuesta para engañarle con una pista falsa. La sombra también podría ser un truco, pero el Caballero Oscuro decide ir tras la pista en movimiento.

Batman corre por el vestíbulo. Cae en la cuenta de que es posible que esté persiguiendo al verdadero Joker, o quizá solo a otro ciudadano inocente bajo los efectos de su gas de la risa.

¡CRAAAASH! El estruendo de cristales rotos confirma a Batman que sigue el rastro correcto.

Llega a una sala y descubre una vitrina rota. Una etiqueta desgarrada identifica el objeto robado del estante.

—Un Buda Sonriente de jade —dice Batman leyendo la tarjeta—. Sin duda, estoy tras la pista del Joker.

¡CRAAAASH! Los ruidos de destrucción resuenan por todo el museo.

—Será mejor que atrape a ese lunático antes de que rompa todo lo que hay en este lugar —dice Batman. Sigue el estruendo de expositores rotos hasta un salón dedicado a artefactos de los aztecas y mayas del antiguo México. Ve al Joker con una máscara sonriente hecha de oro entre las manos.

—¿Quién iba a pensar que los aztecas tenían sentido del humor? —se ríe el villano y se coloca la máscara sobre el rostro.

—No está riéndose, es una mueca agresiva —informa a su enemigo el Caballero Oscuro—. Es la máscara de la muerte.

Pasa la página.

—¡Jojojo! Bueno, ¡a mí me gusta creer que se murieron de risa! —aúlla el Joker.

El Joker emplea la máscara como arma, lanzándosela a Batman. El Caballero Oscuro la atrapa al vuelo, no puede permitir que el villano dañe una pieza de la cultura azteca de incalculable valor.

Mientras Batman pone a salvo la reliquia histórica, el Joker sale a la carrera de la habitación riéndose como una hiena.

—Si no puedo sisar lo que he venido a usurpar, ¡tendré que encontrar alguna otra cosa que robar! —se desternilla el Joker y brinca juguetón por los salones de exposiciones.

—Esto no es un centro comercial —declara Batman.

El Caballero Oscuro arroja una boleadora contra su enemigo. *¡WUUUSH! ¡WUUUSH! ¡WUUUUSSH!* Los tres cabos se enrollan alrededor del Joker. El criminal loco se doblega y cae al suelo.

—Ay —se queja débilmente el supervillano.

Batman se postra sobre el enemigo apresado. Sabe que ha sido demasiado fácil y sospecha que el Joker se trae algo entre manos.

¡ZZIIIISSS! Un chorrito de ácido sale irrigado de la flor en la solapa del Joker. Disuelve las ataduras de la boleadora que le retienen cautivo. El Caballero Oscuro extiende el brazo para coger un Batarang de su Batcinturón.

—¡Ten mucho cuidado con tu próximo movimiento! —le advierte el Joker—. ¡Tengo un rehén!

Pasa a la página 54.

—Hay un 50% de posibilidades de escoger la pista correcta —dice Batman—. Debo aumentar mis expectativas de éxito.

Batman activa los sensores instalados en el Batmóvil, que escanean el aire en busca de diferencias térmicas. Sombras de tonos rojos y azules aparecen en la pantalla del cuadro de mandos del vehículo. Una franja roja sobresale en claro contraste.

—Ese es el rastro de calor del motor de la motocicleta del Joker —zanja Batman. La huella térmica se dirige hacia la derecha—. Huyó «Por Allá».

El Caballero Oscuro tuerce el Batmóvil a la derecha y sale zumbando tras la estela. El rastro del motor del Joker no es difícil de seguir gracias al aire fresco de la noche. Batman llega hasta un polígono con almacenes venidos a menos, los edificios están en tinieblas y parecen desiertos.

Batman aminora la velocidad del Batmóvil y conduce entre las estructuras. El rastro térmico se detiene ante uno de los edificios.

—Acabo de encontrar la guarida del Joker —resuelve Batman.

El Caballero Oscuro pasa junto al almacén sin detenerse y aparca el Batmóvil a un centenar de metros del edificio.

—Si el Joker me está vigilando, creerá que no he descubierto su escondite. No me esperará y podré cogerlo por sorpresa —razona Batman. El héroe se mantiene oculto en las sombras mientras recorre a pie el camino de vuelta.

El Caballero Oscuro encuentra una puerta lateral pero, antes de intentar abrirla, la inspecciona en busca de trampas explosivas.

Pasa la página.

Batman coge un pequeño aparato del Batcinturón y escanea en busca de actividad eléctrica.

—Esta puerta no está conectada a nada —concluye. Batman conecta el modo «olfateador de bombas»—. No se detectan explosivos.

La puerta parece segura... pero entonces el Caballero Oscuro repara en los goznes oxidados.

—Eso podría ser un problema —decide.

Batman extrae una cápsula de espray lubricante de su Batcinturón. Rocía el contenido en los goznes chirriantes para mantenerlos silenciosos, luego abre despacio la puerta y entra.

El Caballero Oscuro está listo para cualquiera de los trucos del Joker, ¡pero lo que ve le coge por sorpresa! Se encienden unos potentes focos para iluminar la disparatada escena.

¡Batman está en el antiguo Coliseo romano!

El público ruge al ver al Caballero Oscuro. Batman protege sus ojos de los focos y se da cuenta de que solo son un montón de monigotes de cartón recortados. La muchedumbre es falsa y los vítores en realidad no son más que una grabación en bucle.

—¡Ave Joker! —declara una voz diferente.

Batman se gira y ve al villano vestido como un emperador romano y sentado en un trono. El rehén está a su lado, atado a una silla. Las dos hienas que tiene por mascota también babean cerca.

De repente, se abre una trampilla en el suelo de la arena. Salen unos gladiadores con máscaras del Joker y rodean a Batman.

—¡Que den comienzo los juegos! —declara el Joker.

Pasa a la página 57.

Batman aterriza sobre su enemigo. El Joker cae de bruces sobre su rostro guasón. El impacto sacude el escenario que tiembla bajo sus pies. La pancarta detrás de ellos se desprende sobre el público. Los espectadores toman aliento... ¡y les aplauden!

—¡Jojojo! ¡Creen que todo esto es parte del show! —dice el Joker—. ¡Pues voy a brindarles una actuación que nunca olvidarán!

El Joker se escabulle de la llave de Batman y salta por un lateral del escenario. El público retrocede para hacerle sitio. El Joker hace un saludo teatral, antes de lanzar un puñado de canicas explosivas contra la base del escenario.

¡BLAAAM! ¡BLAAAM! La estructura del escenario se desmorona y comienza a venirse abajo.

Batman lanza un cabo de la Batcuerda, que serpentea a toda velocidad y se enrolla en una columna cercana. Dispara otra Batcuerda contra una segunda columna. Aun así, nada puede evitar que el escenario se tambalee hacia el público estupefacto... nada, excepto Batman.

El Caballero Oscuro sujeta ambas cuerdas con un puño mientras se desliza por el lateral del escenario.

Impacta fuertemente contra el suelo pero no las suelta, después rueda debajo del gigantesco escenario. Cuando alcanza el otro lado, dispara una Batcuerda hacia las vigas en el techo.

—Hasta el infinito y más allá —dice Batman mientras se eleva hasta la estructura metálica de la cubierta.

Pasa la página.

El Caballero Oscuro ata las cuerdas de sujeción a las vigas, justo cuando el escenario se derrumba definitivamente... ¡pero se detiene! Batman tira de las cuerdas, agregando la fuerza de sus músculos, para lograr evitar el desastre.

—¡Guaauuu! ¿Quién es ese tipo? ¡Eres el más grande! —exclaman entre la muchedumbre.

—¡Jiijiijii! ¡Todavía no hemos llegado al acto final de este drama! —aúlla el Joker, corriendo por encima de la mesa llena de trofeos.

Una boleadora surca el aire y aferra los tobillos del delincuente.

—¡Parece que ya tenemos un ganador! —declara Batman desde las alturas.

El Caballero Oscuro desciende lentamente desde el reino de sombras del techo del salón de convenciones. La multitud vitorea a todo volumen su aparición triunfal.

El Joker se pone en pie con dificultad e intenta liberarse, pero sus tobillos están bien sujetos por la boleadora... así que da saltitos en dirección a la salida más próxima. No llega muy lejos.

El Joker se tropieza y cae dentro de un mega-trofeo del concurso de disfraces. Batman se acerca y lee en alto la leyenda grabada en la copa:

—Al mejor show.

FIN

Para seguir otro camino, vuelve a la página 8.

¡El Joker amenaza con lastimar a la rehén si Batman no retrocede! Se libera de la boleadora y se pone en pie.

—Mantente alejado, ¡o será la dama quien pague los platos rotos! —dice el Joker.

Batman ve lo que el excéntrico criminal sujeta en la mano: es una delicada estatuilla de una diosa china tallada en jade.

—¿Esa es tu rehén? —dice el Caballero Oscuro—. No me hagas reír.

Batman sabe que ese objeto tiene un valor incalculable, pero no va a dejar que el Joker le amenace a él o a la valiosa antigüedad.

—Pero si eso no es más que una réplica —resopla Batman.

—Oh bueno, en ese caso… —el Joker se encoge de hombros y tira la estatua por encima del hombro.

El Caballero Oscuro se lanza a por la pieza y la atrapa antes de que golpee el suelo. Se pone de pie con una voltereta y deposita cuidadosamente la obra de arte en una vitrina.

—No era una réplica. ¡Era de verdad! —dice atónito el Joker—. ¡Me has engañado!

—Simplemente te he convencido de que entregases a la *rehén* —responde Batman.

—Todavía me queda un truco más bajo la manga —anuncia el Príncipe Payaso del Crimen arrojando una granada de humo. Una apestosa nube de color púrpura llena la sala de exposiciones.

—Puede que tú tengas un truco escondido en la manga, pero yo tengo un arsenal en mi Batcinturón —dice Batman colocándose una máscara de gas. Enciende un pequeño dispositivo en uno de sus compartimentos. La pantalla muestra una sombra rojiza escapando de la habitación repleta de humo—. Puedo seguir la señal de tu calor corporal, Joker.

—¡Solo necesito un poco de ventaja! —grita el villano.

Batman persigue al Joker a través de los salones. Puede deducir que el criminal demente corre asustado, porque ya no ríe. De pronto, la imagen térmica del Joker desaparece del dispositivo termo-sensor.

—El Joker se ha quedado frío —razona Batman. Se detiene frente a una puerta con un cartel: «Comedor, solo empleados»—. Umm, ¿se habrá parado un momento a picar algo?

Batman entra en la sala y la examina en busca de pruebas de la presencia del Joker. Una simple mancha en el suelo es indicio suficiente.

—Ha llegado el momento de gastarle una broma al Joker —se dice a sí mismo Batman en voz baja.

El Caballero Oscuro abre los armarios y cajones haciendo mucho ruido, fingiendo prepararse un sándwich. Se sienta en la mesa del comedor y pone los pies encima de una silla.

—Perseguir al Joker es agotador. Me moría por un piscolabis —pregona Batman en voz muy alta—. Creo que mejor me tomo un ratito de descanso.

Pasa la página.

El Caballero Oscuro inicia una cuenta atrás mental. «Diez, nueve, ocho», cuando llega a cinco se abre la puerta de la nevera... y el Joker sale del interior aterido de frío.

—¡Brrr! ¡Ahí dentro hace un frío que pela! —exclama el criminal.

—Pues te vas a pasar mucho tiempo en Arkham... dentro de la nevera. —Notifica Batman a su archienemigo, mientras le pone las Batesposas.

FIN

Para seguir otro camino, vuelve a la página 8.

Los gladiadores rodean al Caballero Oscuro, que permanece inmóvil. Les deja hacer el primer movimiento.

Uno de los guerreros arremete con un tridente. Las tres puntas del arma centellean con el rojo fulgurante de los rayos láser. Batman da una zancada para atrás y esquiva la calcinante lanzada. Aprovecha el impulso para pivotar sobre un pie y realizar un barrido con la otra pierna que derriba al oponente.

¡SPLAAAT!

El gladiador cae de bruces.

—¡Buuu! —El Joker abuchea desde su trono.

Un segundo guerrero se acerca al Caballero Oscuro esgrimiendo una espada. Esta vez su arma parece normal... ¡hasta que despide fuego como un lanzallamas! Batman esquiva el fogoso asalto, pero no su capa que empieza a arder.

—¡Síí! —anima el Joker. Pulsa un botón de su trono y también el público de cartón se une a las aclamaciones y los vítores del villano.

Batman ignora el tejido en llamas y carga contra el gladiador. Noquea a su rival de un solo puñetazo. El Caballero Oscuro se postra sobre el enemigo caído y, sin perder la calma, extingue entre chispas las llamas de su capa.

—Tela ignífuga. Es el tejido estándar de todos mis Bat-trajes —explica Batman.

Pasa la página.

El resto de gladiadores dejan caer las armas al suelo y salen corriendo. Saltan de nuevo por la trampilla y escapan para evitar batallar contra Batman.

—¡Cobardes! —les chilla el Joker.

El Príncipe Payaso del Crimen aprieta otro botón de su trono. Se abre una puerta en un extremo de la arena y aparece un robot ciclópeo dando grandes zancadas. Es una réplica enorme del Joker con armadura de gladiador.

—A ver qué tal lo haces contra mi campeón —le desafía el Joker.

El robot avanza pesadamente hacia el Caballero Oscuro esgrimiendo una espada titánica. Batman esprinta entre sus tobillos y los amarra con una Batcuerda. El guerrero mecánico se tropieza y cae.

¡BUUUUUUM!

—¿Lo ves? —dice Batman.

El Caballero Oscuro recoge dos de las armas que han abandonado los gladiadores humanos. Cruza la arena con una espada llameante en una mano y un tridente láser en la otra.

—Siguiente —dice señalando hacia el Joker.

El Joker traga saliva y sale a la carrera, abandonando al rehén y las hienas.

—Sálvese quien pueda —dice el Joker, saliendo por piernas.

No llega demasiado lejos.

Un Batarang surca el aire y rodea al Joker. De golpe, suelta una red de cables que cae sobre el criminal. El Joker se queda enredado en la malla y se para en seco.

—Arriba esos pulgares —gruñe el Joker mientras se retuerce como un gusano dentro de la red.

Batman libera al rehén y amarra a las hienas. Camina hasta donde está el Joker y se cierne sobre el criminal derrotado.

—Yo proclamo concluidos los juegos de gladiadores —pregona el Caballero Oscuro.

FIN

Para seguir otro camino, vuelve a la página 8.

—¡Y yo que pensaba que el loco era yo! —grita el Joker con Batman agarrado a su zapato. La lancha a la que está unido el paracaídas los arrastra directamente hacia la noria.

—Espero que sepas pilotar esta cosa —dice el Caballero Oscuro.

—¡Jiijiijii! ¡No tengo ni idea! —se ríe histéricamente el Joker. Mira hacia abajo y ve al Caballero Oscuro apretar con fuerza los dientes, provocando que se carcajee aún más fuerte.

—Oh, vamos. ¿Dónde está tu espíritu aventurero?

—Creo que manejamos una definición diferente para ese término —responde Batman justo antes de chocar contra la noria.

El paracaídas se enreda en la descomunal atracción. El tejido se retuerce y se queda anudado en la estructura. El impacto enrolla las cuerdas del paracaídas alrededor del Joker, mientras Batman se aferra a su tobillo con todas sus fuerzas.

—¡Au! ¡Au! ¡Au! —gime el Joker.

—Un tobillo lastimado va a ser la menor de tus preocupaciones —le advierte Batman.

¡SNAAAP!

¡El cordaje que une el paracaídas con la lancha se deshilacha!

—¡Aaaaaah! —grita el Joker mientras caen al vacío.

Una Batcuerda sale disparada del lanzador de mano del Caballero Oscuro y se enrolla en una barra de la estructura de la noria. De repente, Batman y su enemigo se detienen en el aire.

—¿Te alegras ahora de que te agarrara por el tobillo? —pregunta Batman al Joker.

El supervillano no está nada contento al ver los restos del paracaídas destrozado, al que sigue atado, caer al río Gotham. La fuerte corriente se traga la lona formando un remolino.

—¿Socorro? —lloriquea el Joker.

Batman alarga una mano para ayudar a su enemigo.

—¡Pardillo! —se desternilla el Joker.

El electroshock del zumbador de mano de broma del Joker sacude el cuerpo de Batman. Sus dedos convulsionan y le obligan a soltar la mano del villano.

El Joker se separa del Caballero Oscuro y se precipita a las aguas del río Gotham. En un acto final de locura, ¡el Joker le despide con la mano!

Pasa a la página 67.

El Joker mira incrédulo el uniforme del Caballero Oscuro, está pintarrajeado con rayas de vivos colores.

—Tienes más pinta de payaso que yo —admite el Joker—. ¡Me encanta!

El Joker le da una palmada en el hombro a su archienemigo y suelta una risotada gozosa.

—¡Vamos a divertirnos! —chilla Batman de forma trastornada y se aleja corriendo del Joker.

—¡Espérame compadre! —grita el villano.

El nuevo dúo criminal saquea el Salón Egipcio. El Joker contempla una estatuilla de oro que representa a un hombre con cabeza de chacal.

—Parece una hiena partiéndose de risa, ¿verdad? —pregunta el Joker.

—¡Jee jee jee! Ese es Anubis, dios de la muerte —dice Batman, arrebatando la figura de las manos del Joker. El Caballero Oscuro sonríe de satisfacción—. Este es de los míos.

—Qué humor más negro —indica el Joker.

—Pues todavía no has visto nada —dice Batman.

El Joker agarra una sábana que encuentra entre el material de los pintores y la embute con el botín de la exposición egipcia. Batman se quita la capa y la llena como si fuera un saco. Se miran el uno al otro un momento, comparando su botín.

—Yo he sisado más que tú —se jacta el Joker.

—Calidad, antes que cantidad —alega Batman.

Pasa la página.

—¡Jajajaja! —se ríen el uno del otro.

De repente, la alarma de seguridad del museo empieza a sonar con estruendo. Se encienden las luces y las compuertas metálicas comienzan a descender, bloqueando las rutas de escape.

—¡Uh-oh! ¡Ha llegado el momento de correr! —se ríe Batman. Deja caer todos los tesoros sustraídos y sale a toda velocidad.

El Joker agarra con fuerza las puntas de la sábana. No quiere abandonar las estatuillas y gemas que ha robado. Sin embargo, la visión de un Batman multicolor huyendo convence al Joker de que escapar es una idea realmente buena.

—Puede que esté loco, pero no es estúpido —dice el Joker.

Abandona su botín y sale corriendo detrás de Batman.

Pasa a la página 69.

Batman arrebata por la fuerza la garra de las fauces de las hienas. Las mascotas del Joker se enfrentan al héroe rugiendo.

—¡*Sit!* —les ordena con decisión.

Los animales se miran. Deciden que el hombre-con-capa, corpulento y siniestro es lo suficientemente intimidatorio como para huir a la carrera.

Batman limpia las babas de las hienas de la garra de dinosaurio y examina la prueba. Ilumina el objeto con una linterna de alta intensidad con espectro múltiple que guarda en su Batcinturón.

—Esto no es piel de dinosaurio. Es látex —revela el Caballero Oscuro—. No es más que una pieza de atrezo de película.

Puede que el Joker ande libre por ahora, ¡pero todavía no ha escapado del Caballero Oscuro! Batman lleva la garra al Batmóvil y la coloca en un panel sensor. La Batcomputadora confirma sus componentes artificiales.

—¿Lugar de producción? Enumerar los posibles distribuidores locales —ordena Batman a la computadora.

—Una sola localización: Los Estudios Cinematográficos MWB —responde mecánicamente el ordenador.

Los estudios de cine están cerca del acuario. Cuando Batman entra en la propiedad con el Batmóvil, ve a las hienas amaestradas del Joker corriendo hacia uno de los estudios de grabación.

—Van directas hacia su papaíto —supone el Caballero Oscuro y acelera hacia los animales.

Pasa la página.

De pronto, alrededor del Batmóvil estalla pirotecnia por todas partes.

¡BUUUM! ¡BLAAAM!

Las bombas de efectos especiales explotan siguiendo un patrón predeterminado. El Caballero Oscuro acelera para escapar del bombardeo. Solo puede ir en una dirección, ¡Batman se dirige a toda velocidad hacia un callejón sin salida!

No puede evitar el choque. El Batmóvil se estrella contra el muro del edificio... ¡y lo atraviesa!

¡WAAAAM!

El Caballero Oscuro sale por el otro lado de la pared. ¡Se queda atónito al encontrarse en mitad de una carrera de cuadrigas!

Pasa a la página 73.

—¡Nooo! —grita Batman viendo caer al Joker hacia una muerte segura—. He intentado salvarte, payaso loco...

De repente, un mini paracaídas se despliega de un arnés escondido en la chaqueta del Joker. La lona se abre e hincha de aire.

—¡Jojojo! ¡Te engañé! ¡Siempre logro sorprenderte! —chilla el Joker mientras se aleja flotando.

—No es ningún secreto a dónde se dirige —deduce Batman calculando la dirección y velocidad del viento en una computadora portátil. El Caballero Oscuro se posa en el punto más alto de la noria—.Va hacia el Zoológico de Gotham.

Batman no necesita ver dónde toma tierra exactamente el Joker. Sabe que el criminal tratará de llamar su atención. No tiene que esperar mucho para que su vaticinio se haga realidad.

Una bandada de loros de vivos colores aletea por el cielo. La manada de hienas retoza libre a través del zoo. Un oso polar enojado se mueve pesadamente hacia el estanque de los pingüinos.

El Caballero Oscuro entra en acción y llega al zoo apresuradamente. De inmediato, las hienas se abalanzan al ataque.

—¡Jajaja! ¿Qué te parecen mis nuevas amigas? —se carcajea el Joker desde lo alto de la jaula de las bestias.

Batman no contesta. Observa cómo los cánidos salivan de expectación. La manada empieza a rodear al Caballero Oscuro.

En un abrir y cerrar de ojos, Batman palpa su Batcinturón y extrae una cápsula diminuta. La lanza al suelo entre las hienas y él, donde estalla soltando densas nubes de humo.

Pasa la página.

Cuando se despeja la humareda, los animales duermen en el suelo y Batman se alza sobre el techo de la jaula. El Joker ha desaparecido.

—¡Jojojo! ¡Buen intento, amigo! —se burla el Joker, corriendo hacia el estanque de los pingüinos.

—La partida aún no ha terminado —replica Batman mientras le sigue a la carrera.

El Joker salta la verja que rodea el estanque de los pingüinos y brinca entre las rocas como si jugara una partida de rayuela. Los pingüinos se alejan del extravagante humano contoneándose patosamente.

Batman llega hasta el recinto instantes más tarde, pero no corre tras el Joker por el interior del hábitat. Se queda fuera de la valla con los brazos en jarras. Sonríe. Consigue inquietar al Joker incluso más que cuando le persigue.

—¿De qué te ríes? —pregunta el bromista.

El Caballero Oscuro señala a la piscina. El oso polar que ha liberado el Joker nada vadeando el agua y rodea la roca sobre la que está payaso.

—Uups —traga saliva el Joker—. Supongo que al final la broma me la has gastado tú.

—*Game over* —sentencia Batman.

FIN

Para seguir otro camino, vuelve a la página 8.

La pareja no cesa de correr hasta llegar a la guarida secreta del Joker. Se oculta en un almacén viejo junto al río Gotham. El interior parece un colorido carnaval, hay máquinas recreativas colocadas por todas partes y una montaña rusa domina el centro del hangar.

Batman mira a su alrededor y comienza a partirse de risa. Al principio, el Joker se siente ofendido.

—¡Oye! ¿Hay algo de malo con mi choza? —pregunta.

—¡Nada! ¡Es genial! —clama Batman—. Me encantan los colores que has escogido.

El Caballero Oscuro hace un ademán con la mano señalando su traje, saturado de colores chillones, para demostrar que está en lo cierto. Trota hasta una de las máquinas recreativas y empieza a jugar.

¡BLOOOP! ¡BLIIIP! ¡DIIING!

Los sonidos se dispersan por la enorme guarida secreta. En pocos minutos la máquina anuncia el ganador.

—¿Quéééé? ¡Me has ganado! —suspira el Joker mirando la puntuación de Batman.

—¡Wuu-juuu! ¡Gané! ¡Gané! —celebra Batman.

El Bromista Bufón no está tan contento.

Pasa a la página 71.

Batman se desploma en uno de los lujosos sofás.

—¿Quién es tu interiorista? —protesta—. Tengo rocas más cómodas en la Batcueva.

—Es cuero del bueno. ¡Los robé yo mismo en persona! —refunfuña el Joker.

Batman salta del sofá y se dirige a la zona de la cocina. Coge cacerolas y sartenes, coloca los utensilios de cocina en los fogones y empieza a propagarse un olor delicioso.

—¡Ooooh! ¿Qué guisas? —le pregunta el Joker.

—Es una receta secreta —se ríe Batman.

—Um, no sé si debería fiarme de tus ingredientes —traga saliva el Joker.

—¡Me siento insultado! —exagera Batman y se mete en la boca una cucharada de lo que cocina. Bruscamente, frunce los labios y agita la cabeza.

Batman tira la cuchara dentro de la cacerola otra vez. Se gira con rostro serio y se encara con el Joker.

—Ya he vuelto a mi estado normal. Mi receta era una cura para tu gas de la risa —revela Batman.

—Me siento tan deprimido —confiesa el Joker—. Hacíamos un gran equipo.

El Joker intenta escapar a la carrera, pero Batman apresa a su enemigo con una Batcuerda. De sopetón, la policía irrumpe en masa en la guarida. El comisario Gordon camina hasta donde está Batman.

Pasa la página.

—Hemos seguido tus balizas de seguimiento desde el Museo de Gemas. Tu plan ha salido a la perfección —dice Gordon—. ¡Snif! ¡Snif! ¡Vaya, eso huele de rechupete!

El comisario de policía se inclina sobre la comida, que se cuece a fuego lento en el hornillo, y comienza a servirse un poco. Un Batarang sacude la mano de Gordon, apartándola del líquido burbujeante.

—Será mejor que el Equipo de Materiales Peligrosos se ocupe de eso —le aconseja Batman.

—¡Pero si tú has comido un poco! —grita Joker mientras le introducen en el furgón de Arkham.

—Solo era para probar mi fórmula —dice Batman—. Me voy a pasar semanas tomando antiácidos.

FIN

Para seguir otro camino, vuelve a la página 8.

Batman estrella el Batmóvil a través del muro de uno de los estudios de grabación y, súbitamente, se da cuenta de que está en mitad de una carrera de cuadrigas de la antigua Roma. Le rodean caballos al galope por todos lados.

—Sin duda, una comparación interesante del concepto *caballos de potencia* —bromea el Caballero Oscuro llevando a la máxima potencia el poderoso motor del Batmóvil.

El vehículo ruge.

¡BROOOOMM!

Batman pilota el Batmóvil con precisión a través del grupo de cuadrigas, igual que si estuviera esquivando un bombardeo. El veloz automóvil derrapa y zigzaguea como si fuera un jugador de fútbol en busca del tanto ganador.

El Caballero Oscuro da una vuelta casi completa al circuito antes de encontrar la salida. Escapa del hipódromo avanzando por un túnel sombrío, y entra en el set de una película de monstruos. Un Tiranosaurio Rex gigantesco se cierne frente al Batmóvil. Batman se da cuenta de que la criatura solo tiene una garra.

—Parece que las hienas del Joker usaban la otra garra como juguete para morder —concluye el Caballero Oscuro.

Inesperadamente, un pequeño misil surca el aire y hace estallar el T-Rex de atrezo.

¡BLAAAM!

Pasa la página.

Batman vira el Batmóvil para esquivar la chatarra volante y acaba justo a los pies de un robot de batalla gigante. Una lanzadera de misiles, todavía humeante sobre el hombro, le identifica como el causante de la destrucción del dinosaurio. Uno de los cañones del arma gira y apunta hacia el Batmóvil.

—Activar pantalla de humo de emergencia —ordena Batman a la computadora.

Emergen nubes de vapor negro alrededor del Batmóvil. Batman mete la marcha atrás y se aleja justo en el mismo instante que el robot dispara un misil.

¡BLAAAM!

Cuando se despeja el nubarrón, el autómata está tendido en el suelo. Le falta un pie. Batman salta al exterior del Batmóvil y se acerca a la máquina tirada en el suelo.

—Parece que te has pegado un tiro en el pie —observa el Caballero Oscuro—. Justo como esperaba que hicieras.

Batman abre una escotilla en la cabeza del robot y saca al Joker de la cabina de mandos del androide gigante.

—Ya es hora de que vuelvas a Arkham, Joker. No tienes futuro como actor —sentencia Batman.

FIN

Para seguir otro camino, vuelve a la página 8.

—¡Oye! No se admiten autoestopistas —dice el Joker mientras usa el pie libre para pisotear los dedos de Batman. Sus movimientos erráticos hacen que el paracaídas gire con brusquedad, acercándose peligrosamente a la noria.

—¡Será mejor que vayas con cuidado! —le advierte el Caballero Oscuro.

—Oh, no estés tan asustado —dice el Joker.

Batman se retuerce y cambia de lado su peso, obligando al paracaídas a mecerse lejos del peligro. Un golpe de viento los eleva a las alturas, donde una fuerte brisa los arrastra río abajo.

—¿Sabes? La vista desde aquí es realmente bonita —dice el Joker contemplando las luces de la ciudad de Gotham en la noche. Empieza a señalar sitios emblemáticos como si fuera un guía turístico.

Batman observa los mismos lugares, pero por una razón completamente diferente. Busca el edificio más cercano para clavar una Batcuerda y ponerse a salvo. Sin embargo, la lancha que arrastra el paracaídas se dirige a la deriva hacia el centro del río Gotham, y las dos orillas se encuentran más allá del alcance del lanzador de Batcuerdas.

Batman sabe que no puede esperar hasta que un impredecible golpe de viento los acerque a la orilla del río. Escala por encima del cuerpo del Joker hasta llegar a las cuerdas de control.

Batman agarra el cordaje y vira el paracaídas hacia las luces de la ciudad.

—Menudo copiloto pesado que estás hecho —refunfuña el Joker mientras Batman pilota el paracaídas con precisión.

Una réplica gigante de un bastón de caramelo aparece frente a ellos en lo alto de un edificio. Batman intenta aterrizar en la azotea, pero el Joker tira de los cordones de pilotaje. Se precipitan hacia el emblema de la Fábrica de Chucherías King.

Batman se esfuerza por evitar la colisión y el Joker hace todo lo posible para que suceda. Sin aviso previo, el Bromista Bufón desengancha su arnés y se deja caer.

—Dicen que no te mata la caída —declara el Joker—. ¡Te mata el aterrizaje!

Batman aferra las cuerdas de control y contempla cómo el Joker se precipita hacia una muerte segura.

Aunque el Joker sea el archienemigo de Batman, el Caballero Oscuro no puede permitir que perezca sin más. El héroe lanza una Batcuerda hacia el criminal que cae al vacío.

¡SMAAAASH! El Joker se estrella contra la claraboya del tejado de la Fábrica de Chucherías King. *¡ZWIIIP!* La Batcuerda le sigue a toda velocidad a través de la obertura y se adentra en la oscuridad.

La Batcuerda no se tensa. Batman comprende que el peso del Joker no puede estar colgando del otro extremo de la soga. El Caballero Oscuro repliega la cuerda, deseando haberse equivocado por una vez. La Batcuerda vuela de regreso y se mete en el lanzador: está vacía.

Pasa la página.

—He intentado salvarte —dice Batman.

El Caballero Oscuro desciende con el paracaídas sobre la azotea de la fábrica de caramelos. Camina hasta la claraboya rota, se siente frustrado por no haber conseguido evitar la destrucción del loco criminal.

—¡Jojojo! ¡Jejeje! ¡Jajaja! —Unas risotadas dementes se alzan desde las tinieblas en el interior del edificio.

—¡Está vivo! —exclama Batman.

Pasa a la página 86.

Para el Joker no es ninguna broma ver a Batman robar joyas y gemas de los expositores del museo. El Caballero Oscuro está pintarrajeado de vivos colores, como un loro tropical, y se comporta como si fuera el pájaro loco. Ver a su enemigo actuar así hace que el Joker se ponga celoso.

—Batman me está robando el protagonismo —rumia el Joker.

Decide poner fin al mal comportamiento del Caballero Oscuro. Saca de su bolsillo una baraja de cartas trucadas y se la lanza al justiciero enloquecido. Las cartas golpean las manos de Batman y deja caer el botín.

—¡Ja ja ja! ¡Oye! —se queja Batman entre incontrolables ataques de risa.

El Caballero Oscuro coge un Batarang de su Batcinturón y se lo arroja al Joker. Se carcajea tan fuerte que falla el blanco.

—¡Juguemos! —vocifera Batman y empuja al Joker—. ¡Pilla-pilla! ¡Tú la llevas!

El Joker se cae de espaldas y el Caballero Oscuro sale corriendo del salón de exposiciones.

—Au, juegas duro —murmura el Joker poniéndose en pie y frotándose el trasero dolorido.

El sonido de la risa histérica de Batman guía al Joker hasta el Salón Egipcio del Museo de Gemas de Gotham. Cuando llega, ve al Caballero Oscuro metiéndose dentro de un sarcófago de oro. La pesada tapa se cierra con estrépito, pero el Joker sigue oyendo a Batman reírse dentro del féretro.

Pasa la página.

—¿Dónde se ha metido esa amenaza enmascarada? —exclama en voz muy alta el Joker, pretendiendo no saber dónde se esconde Batman.

El Joker hace una ruidosa interpretación, simulando que busca por toda la sala. Repentinamente, se abalanza sobre el sarcófago y abre la tapa.

—¡Ajá! Te pillé —empieza a decir el Joker. Se detiene cuando ve que el ataúd está vacío. Se rasca la cabeza, confuso—. ¿Cómo ha hecho eso?

¡ZAS!

Un puño impacta contra la mandíbula del Joker. Batman sale del sarcófago como si fuese un payaso con muelle botando de una caja sorpresa.

Una tela reluciente cae al suelo.

—¡Jajaja! ¡Te pillé! ¡La sigues «llevando» tú! —se desternilla Batman mientras se aleja galopando sobre un caballo imaginario.

—Puede que esté loco, pero es astuto como un zorro —admite el Joker—. Se ha cubierto con una mortaja reflectante y así ha creado una ilusión óptica, parecía que el sarcófago estaba vacío. Buen truco, tengo que recordarlo.

El Bromista Bufón esprinta tras el Caballero Oscuro enajenado, cruzando varios salones. Después de varios minutos corriendo, tiene que pararse para coger aire.

—¡Fiuu! Estoy en peor forma de lo que pensaba —resopla el Joker—. Debería hacer más ejercicio. ¡Ja! ¿A quién intento engañar?

El guasón, totalmente hecho polvo, cojea hasta un banco. Se deja caer y suspira como un globo deshinchándose.

—Por eso siempre acaba ganando ese mamarracho encapuchado. Me agota. Nota mental: ¡conseguir un Joker Móvil! —dice haciéndose el listillo.

Pasa a la página 89.

Batman echa el lazo con una Batcuerda a la extremidad del dinosaurio y se la arrebata de las fauces a las hienas. Gimen y escapan a la carrera en cuanto ven al Caballero Oscuro.

Batman examina la garra y se da cuenta de que está hecha de plástico blando y tiene un número de serie del fabricante impreso en un lateral. Batman introduce el código en el terminal portátil de la Batcomputadora y consulta los resultados.

—Fábrica de Juguetes Tony's. Diez Toneladas de Diversión Para Todas Las Edades —lee en alto Batman—. Probablemente el Joker está usando el lugar como guarida secreta.

El Caballero Oscuro busca un mapa del recinto y sube al Batmóvil. Cuando llega al edificio unos minutos más tarde parece completamente desierto, pero sabe que todo puede ser un engaño.

Batman entra para investigar. La nave principal está llena de juguetes gigantescos de tres metros de altura. Hay osos y unicornios de peluche... y un Tiranosaurio Rex con una sola garra.

—Parece que he encontrado el juguete para morder de las hienas —deduce Batman.

Inesperadamente, los osos de peluche comienzan a gruñir, los unicornios corren en estampida y el T-Rex ruge. ¡Los juguetes han cobrado vida!

Batman sabe que, aunque los muñecos suelen ser blandos y están rellenos de espuma, son grandísimos y podrían lastimarle. Solo puede hacer una cosa.

¡El Caballero Oscuro corre hacia los unicornios desbocados! Salta sobre el lomo de uno de ellos como si fuese un jinete-acróbata de circo. Enseguida pasa a formar parte de la manada. Usa su peso para dirigir al unicornio directamente hacia los osos. La manada le sigue y todos colisionan contra las fieras.

Batman salta justo antes del impacto.

¡WOOOMP!

Los animales de peluche rebotan los unos contra los otros. Batman aterriza en la panza de un oso de peluche y la usa como trampolín.

¡ESPROING!

Se propulsa a las alturas. El Caballero Oscuro cae sobre los hombros del dinosaurio manco.

—Parece que he cambiado un caballo salvaje por otro —dice Batman. Al mismo tiempo, amarra una cuerda alrededor de la cabeza del dinosaurio y la utiliza como improvisadas riendas.

—¡Arre!

El dinosaurio obedece y se mueve pesadamente hacia delante. Batman cabalga al gigante por toda la fábrica, en busca del Joker. Sabe que tiene que estar controlando a los juguetes animados desde algún lugar dentro del edificio.

Pasa a la página 85.

Se oye un estruendo repentino causado por el desplome de un muro. Cuando se despeja la nube de polvo, Batman descubre otro tiranosaurio mastodóntico junto a los escombros. Está protegido por una armadura como si fuera un caballero medieval, igual que el jinete montado sobre su grupa.

—¡Joker! —exclama Batman.

—¡Salve y bien hallado, Caballero Oscuro! ¡Lidiemos en una justa! —le desafía el Joker.

El Bromista Bufón fustiga a su saurio para que cabalgue al ataque. Apunta su lanza contra Batman y carga de lleno contra su oponente.

Pasa a la página 93.

El Caballero Oscuro sigue las risas del Joker hasta el interior de la Fábrica de Chucherías King. Salta por la claraboya hecha pedazos y cae en medio de la sala de muestras de la compañía. Objetos inmensos se ciernen difusos en la estancia a oscuras.

Batman extrae una pequeña linterna halógena de su Batcinturón e inspecciona la habitación. La sala está llena de figuras de mascotas corporativas y réplicas descomunales de caramelos. Es una exposición que resume la historia de Chucherías King.

Al ver la colección, Batman se deja llevar por los recuerdos de su infancia. Ya no es el Caballero Oscuro, ahora es Bruce Wayne cuando era niño. Rememora a la dulce niña símbolo de los bastoncitos de caramelo, el tamaño enorme de las bolas rellenas de polvo pica-pica y el caramelo *toffee* ultra-pegajoso.

—¡Jojojojo! ¿A los murciélagos les gustan los caramelos? —aúlla el Joker mientras empuja la figura de una mascota encima del Caballero Oscuro.

Batman despierta bruscamente de sus recuerdos y vuelve a la realidad. Salta a un lado y rueda fuera del alcance de la enorme escultura.

¡CRAAAASH!

El símbolo comercial se hace añicos en el suelo.

—¡Jee! ¡Ya pensaba yo que era demasiado fácil! —se desternilla de risa el Joker.

El Caballero Oscuro dispara una Batcuerda hacia el criminal, que intenta escabullirse. La cuerda falla por muy poco y retorna al lanzador de mano.

Batman sigue el rastro de risas del Joker fuera de la sala de muestras y hasta el piso de abajo, la zona de producción de la fábrica. El Caballero Oscuro no titubea cuando ve la monstruosa maquinaria que mezcla los ingredientes en ebullición. Persigue a su enemigo multicolor por los aires para atravesar el laberinto de batidoras.

—¡Agitemos un poco la cosa! —ríe el Joker, al tiempo que manipula el interruptor general y pone la fábrica a toda máquina.

El Joker contempla cómo Batman hace equilibrios sobre un tanque de azúcar burbujeante a punto de convertirse en bolas pica-pica. Suelta un alarido de júbilo cuando el enorme caldero vuelca y el Caballero Oscuro desaparece de su vista.

¡ZUIIIP! ¡PIIING! Una Batcuerda sale disparada y se ancla en el techo de la fábrica. La sonrisa del Joker se invierte, para acabar frunciendo el ceño al ver al Caballero Oscuro elevarse fuera de peligro. ¡Se da la vuelta y sale corriendo!

Batman se desengancha de la Batcuerda y cae al suelo de la fábrica. Un vistazo rápido revela las huellas azucaradas del Joker. El rastro lleva a Batman a través del recinto, hasta la sección de caramelo *toffee*. Allí, el Caballero Oscuro se encuentra con una hilera de paletas gigantes que remueven el caramelo dentro de contenedores inmensos.

Pasa la página.

De repente, ¡una masa amorfa de caramelo golpea a Batman!

—¡Jeejeejee! —ríe satisfecho el Joker.

—Vamos... tira con todas tus fuerzas —le reta Batman.

Se detiene y abre los brazos, ofreciendo un blanco perfecto al Joker.

El supervillano no puede resistir la tentación. Mete las manos en el contenedor hasta los codos para coger un puñado enorme de *toffee*.

—Uh-oh —se lamenta el Joker. Se le han quedado las manos pegadas—. ¡Me has engañado!

—Supongo que yo río el último —declara Batman.

FIN

Para seguir otro camino, vuelve a la página 8.

—¡Vale! ¡Me rindo! —anuncia el Joker por sorpresa. Exhausto, se pone en pie con dificultad y cojea saliendo de la sala de exposiciones—. ¡Has ganado, Batman! La ciudad de Gotham ya puede ir despidiéndose del Príncipe Payaso del Crimen.

El Joker camina lentamente por el Museo de Gemas. Actúa como si fuese su última peregrinación. Observa las piedras preciosas en las vitrinas y se seca las lágrimas.

—¡Snif! Echaré de menos intentar robarte, Diamante Estrella. Hasta siempre, Rey Ópalo y Reina Ruby —gimotea con congoja el Joker.

—¡Buu-juu-juu! —Batman solloza y sale de las sombras. Las lágrimas humedecen su máscara.

—¡Lo siento, Joker! ¡No pretendía herir tus sentimientos!

El Caballero Oscuro abre los brazos de par en par y corre hacia el Joker para darle un abrazo.

—Uh, me haces daño en las costillas... —resopla el Joker cuando Batman le da un fuerte apretón.

—¡Deberíamos haber sido compañeros! —declara el Caballero Oscuro—. ¡Tendríamos que ser colegas!

—Uh-oh —traga saliva el Joker.

Pocos minutos más tarde, el Joker se balancea sobre una Batcuerda. Su nuevo mejor amigo surca el cielo a su lado. Las calles de Gotham se difuminan a sus pies.

—¿Por qué no hemos cogido el Batmóvil? —le pregunta a gritos el Joker con el gélido viento nocturno contra el rostro.

Pasa la página.

—Porque decías que querías hacer más ejercicio —contesta Batman.

—Estaba hablando solo. ¡Oye! ¿Me has estado espiando? —Sigue preguntando enfadado el Joker.

—¡Jajaja! Mi capucha me otorga la capacidad auditiva de un murciélago, ¿recuerdas? —ríe Batman.

—¡Yo soy el Príncipe Payaso del Crimen! ¡Bájame de aquí ahora mismo! —exige el Joker.

—Sus deseos son órdenes para mí, su majestad —bromea Batman.

El Caballero Oscuro corta la Batcuerda y el Joker se precipita hacia el pavimento de la calle.

—¡No me refería a esssooooo! —El Joker corrige su solicitud mientras se precipita a una muerte segura.

Pasa a la página 92.

Súbitamente, una red atrapa al Joker a mitad de la caída. Está sujeta a un paracaídas, de forma que el Joker desciende columpiándose suavemente hasta tocar el suelo.

—¿No decías que querías subir al Batmóvil? —se desternilla Batman desde la cabina del vehículo. El Joker sube de un salto.

—¡Písale a fondo! —grita el villano.

El Caballero Oscuro pisa el acelerador del potente motor. ¡Ruge como un animal salvaje preparado para entrar en acción! Al segundo siguiente, el Joker tiene las Batesposas bien sujetas en las muñecas. Estupefacto, se queda mirando a Batman muy fijamente.

—En ningún momento estuve bajo los efectos de tu gas de la risa —revela Batman—. Utilicé unos filtros nasales de mi Batcinturón, y luego simplemente pretendí ser un lunático para atraerte hasta aquí.

Los coches patrulla rodean el Batmóvil. Mientras le leen sus derechos, el Joker declara a gritos:

—¡Te advertí que solo puede haber un Joker en Gotham!

—Y siempre habrá un Batman —contesta el Caballero Oscuro.

FIN

Para seguir otro camino, vuelve a la página 8.

—Sé que está loco... pero esto ya es demasiado surrealista —admite el Caballero Oscuro. Mientras tanto, el Joker se acerca a toda velocidad cabalgando un dinosaurio gigante con armadura.

Batman esquiva el lanzazo del Joker, que pasa al galope sobre su montura mecánica.

¡WUMP! ¡WUMP! ¡WUMP!

El Caballero Oscuro se estira y arrebata el arma de las manos del Joker. Gira la lanza en el aire y la sujeta por la empuñadura. Ahora está en su control.

—¡Oye! ¡Eso es trampa! —se queja el Joker. Luego estalla en carcajadas—. ¡Jejeje! ¿Pero qué digo? ¡Si no hay reglas!

El Joker aprieta un botón en la coraza de su dinosaurio. ¡Enormes llamaradas salen despedidas por sus fauces!

—¡Juujuu! ¡La cosa está que arde! —El Joker se desternilla con regocijo. Su corcel-dinosauro arroja fuego como un dragón y se abalanza a por el Caballero Oscuro.

La punta de la lanza de justas de Batman comienza a arder como una vela. Se quema hasta la empuñadura en apenas pocos segundos.

El Caballero Oscuro tira la lanza y examina su dinosaurio mecánico. Busca algún truco que pueda usar contra el Joker, pero no encuentra botones ni palancas. Se encoge de hombros, como si se diera por vencido.

Pasa la página.

—¡Jajaja! ¡Ya eres mío, bellaco! —grita el Joker.

—Suenas como el malo de una película en blanco y negro —dice Batman—. Deja que agregue efectos de sonido algo más modernos.

El Caballero Oscuro saca un Batarang de su Batcinturón y lo lanza contra el Joker. Falla el tiro y el proyectil se aleja girando.

—¡Ja, ja, has fallado! —se mofa el Joker.

Pero el Batarang regresa e impacta justo entre los ojos del dinosaurio acorazado del Joker.

¡CLAAANGANGANG!

Las placas metálicas empiezan a vibrar y crean un eco. La criatura metálica comienza a temblar.

—¡Qu-qué-eeaah! —tartamudea el Joker mientras su montura se agita y estremece debajo de él.

—Batarang de Shock Sónico —explica el Caballero Oscuro—. Una pieza esencial de mi arsenal.

Las ondas de sonido del Batarang desmantelan el dinosaurio acorazado gigante del Joker. Sus tornillos metálicos salen disparados y empieza a descomponerse en pedazos.

—El recreo ha terminado —declara el Caballero Oscuro.

Batman pivota su dinosaurio para acometer con la cola a través de la desbaratada montura del Joker. Lo que queda del juguete estalla en trocitos. Las piezas saltan en todas direcciones. También el supervillano vuela por los aires.

El Joker aterriza sobre una cinta transportadora. Se ríe al tiempo que se aleja del Caballero Oscuro.

—¡Jajaja! ¡Me piro, vampiro! —grita el Joker.

Batman no hace un solo movimiento para detener al Joker. Ha visto algo que el payaso no ha advertido. De improviso, una boquilla gigante rocía al Joker con espuma y otra lo cubre con relleno. Un segundo más tarde, se encuentra embutido dentro de un animal de peluche gigante. Batman espera al Joker al final de la línea de montaje de la fábrica de juguetes.

—Envuelto para regalo... y listo para una celda acolchada en Arkham —comenta el Caballero Oscuro.

FIN

Para seguir otro camino, vuelve a la página 8.